Escuela de Espanto

¡El casillero se COMIÓ a Lucía!

SCHOLASTIC
en español

Jack Chabert

ESTE LIBRO
PERTENECE A:

_____

_____

EAN

ISBN 978-1-338-11438-6

50499

Escuela de Espanto

¡El casillero se COMIÓ a Lucía!

Jack Chabert
Ilustrado por Sam Ricks

BRANCHES™

SCHOLASTIC INC.

¡DESCUBRE LA
ESCUELA DE ESPANTO!

CONTENIDO

A mi mamá. ¡Te amo! — JC

Originally published in English as *Eerie Elementary #2: The Locker Ate Lucy!*

Translated by Madelca Domínguez

ISBN 978-1-338-11438-6

10 9 8 7   21 22

Printed in the U.S.A.   40
First Spanish printing 2017

Book design by Will Denton

AL CEMENTERIO

—Vamos. No nos tomará ni un minuto —dijo Samuel a sus amigos Antonio y Lucía.

Era la mañana del lunes, antes de entrar a la escuela. Estaban a unos pasos de la entrada del Cementerio de Espanto, el pueblo donde vivían.

—Samuel, ¿de veras tenemos que hacer esto? —preguntó Lucía—. Estoy muy nerviosa, de veras.

—Yo también —dijo Antonio—. Soy alérgico a los cementerios.

Samuel miró a sus amigos.

—Tenemos que impedir que la escuela siga haciendo maldades, ¿no? —dijo—. Por lo tanto, tenemos que averiguar todo lo que sea posible sobre la Escuela de Espanto. Así podremos luchar mejor contra ella.

Los tres amigos atravesaron el portón de hierro. Pasar por el cementerio casi siempre le daba escalofríos a Samuel, pero ahora no se sentía aterrorizado… no después de lo que había sucedido.

Una semana antes, el Sr. Necrocomio, el viejo que cuidaba la Escuela de Espanto, había escogido a

Samuel para que fuera el nuevo monitor de pasillo. Años atrás, el Sr. Necrocomio también había sido el monitor de pasillo de la escuela. Él fue quien le reveló a Samuel el secreto: ¡La Escuela de Espanto estaba viva, respiraba… y era malísima!

El viernes, la escuela había tratado de comerse a Lucía y a Antonio mientras representaban la obra de teatro de la clase. Samuel los había salvado en el último segundo. Los tres amigos y el Sr. Necrocomio eran los únicos que sabían la verdad sobre la escuela. Tenían que proteger a los demás.

—Mira —dijo Lucía apuntando hacia un promontorio salpicado de lápidas agrietadas—, el libro dice que allí está enterrada la familia Espanto.

Lucía tenía en sus manos un libro grueso y empolvado: *Espanto: historia de un pueblo*.

Los tres amigos se habían pasado todo el fin de semana en la biblioteca del pueblo buscando información. En ese libro habían leído que una familia de apellido Espanto había fundado el pueblo hacía cientos de años. También decía que la familia Espanto estaba enterrada en el cementerio y que cada miembro de la misma había fundado algo en el pueblo: la biblioteca, el hospital, ¡incluso la escuela! Samuel tenía la esperanza de que observando detenidamente las tumbas podrían descubrir cosas relacionadas con la historia de la escuela.

Samuel observó las lápidas. Cada una de ellas llevaba el apellido Espanto. Sintió que las lápidas lo miraban. Las contó: eran doce.

—Lucía, ¿me dejas ver el libro un momento? —dijo Samuel.

Lucía le dio el libro a Samuel, que lo hojeó rápidamente.

—Oigan, esto es muy raro —dijo—. El libro dice que la familia Espanto tenía trece miembros, pero aquí sólo hay doce. Hay uno que no está enterrado en este cementerio.

—Muy raro —dijo Antonio—. Pero no me sorprende que todas estas cosas horripilantes sucedan en un pueblo que se llama Espanto, algo que significa pánico, pavor.

—¿Y de quién es la tumba que falta, Samuel? —preguntó Lucía.

Los ojos de Samuel escudriñaron las lápidas. Luego miró en el libro.

La familia Espanto

JUAN ESPANTO
1811 — 1879

RUTH ESPANTO
1813 — 1881

OLIVERIO ESPANTO
1836 — 1901

EDMUNDO ESPANTO
1838 — 1905

ROSA ESPANTO
1840 — 1919

HUMBERTO ESPANTO
1863 — 1939

ABRAHAM ESPANTO
1868 — 1944

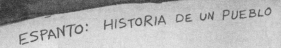

MARGARITA
ESPANTO
1867 - 1949

OBDULIO ESPANTO
1871 - ?

SIMÓN ESPANTO
270 - 1958

PATRICIA ESPANTO
1888 - 1958

REBECA ESPANTO
1890 - 1962

SAMUEL ESPANTO
1897 - 1963

—Bueno —dijo Samuel—, aquí hay un miembro de la familia llamado Obdulio Espanto. ¿Ves esta foto?

Antonio miró por encima del hombro de Samuel.

—¡Mira qué bigote tan raro tiene! —dijo.

Samuel le lanzó una mirada impaciente a su amigo.

—Pero no veo ninguna lápida con ese nombre. ¡Y hay algo aun más raro! Obdulio Espanto nació en 1871, pero el libro no dice cuándo murió. Ponen un signo de interrogación en lugar del año —dijo Samuel.

—¿Qué le habrá pasado? —preguntó Antonio—.

¿El libro no dice nada más sobre él?

Samuel pasó la página para seguir leyendo.

—¡Oh, no! Son las 8:15. Vamos a llegar tarde a clases —gritó Lucía quitándole el libro a Samuel y metiéndolo en su mochila.

—¡Vamos! —dijo Antonio.

Samuel echó a correr tras sus amigos, pero tenía una sensación extraña en el estómago. Como era monitor de pasillo, percibía cosas que a los otros estudiantes se les escapaban. Sentía cuando algo andaba mal en la Escuela de Espanto. Y en ese momento sentía que algo muy malo estaba a punto de suceder.

¡DESAPARECIDA!

2

Samuel salió corriendo del cementerio y siguió por la calle hacia la escuela. Cuando los tres amigos atravesaron el área de juego, vieron un termómetro grande en la rama de un árbol.

—¡Se me olvidó! —dijo Lucía a sus amigos sin dejar de correr—. Hoy tenemos la lección sobre el tiempo.

Antonio comenzó a dar saltos.

—¡Clase al aire libre! Éste va a ser un buen día.

Samuel lo oyó y rogó que tuviera razón.

Los tres subieron la escalera corriendo y entraron en la escuela. Samuel se puso su banda de monitor de pasillo.

—Jamás me voy a acostumbrar a esta cosa horrorosa —dijo.

—¡Pero si el anaranjado brillante te queda precioso! —bromeó Lucía.

Los estudiantes estaban ya en fila en el pasillo.

—¡Llegaron tarde! —gritó la Sra. Gómez—. Guarden sus mochilas y vayan al final de la fila.

Samuel y sus amigos se dirigieron a los casilleros.

—Ahora vamos afuera para la clase sobre el tiempo. Hoy tendremos el día más caluroso de fines de septiembre de la historia: ¡105 grados! —anunció la Sra. Gómez.

Samuel y Antonio guardaron sus mochilas rápidamente, pero Lucía aún estaba atareada en su casillero.

—Un segundo —dijo Lucía mientras buscaba algo en la mochila—. Necesito mis gafas de sol.

—¡Apúrate, Lucía! —dijo Samuel, y Antonio y él se incorporaron a la fila.

—¡Monitor de pasillo! —dijo la Sra. Gómez, indicándole a Samuel que se pusiera a la cabeza de la fila—. Por favor, comprueba que ya están todos aquí.

—Bien —dijo Samuel.

Se volteó para llamar a Lucía, pero cuando miró hacia el pasillo, el corazón le dio un vuelco. Las gafas de sol de Lucía estaban en el suelo. Su casillero estaba abierto. Y el pasillo estaba vacío.

El miedo comenzó a apoderarse de Samuel…

Lucía había desaparecido.

DENTRO DEL CASILLERO

Samuel sintió un vacío en el estómago del tamaño de un balón de baloncesto. La semana anterior, el Sr. Necrocomio le había dicho que la Escuela de Espanto se comía a los estudiantes. Samuel había visto con sus propios ojos que el escenario trató de devorar a sus amigos. ¡Y ahora Lucía había desaparecido! ¿Se la habría comido la escuela?

—¡Síganme! —ordenó la Sra. Gómez, y salió por las puertas dobles.

Samuel agarró a Antonio, que iba al final de la fila. Los dos se quedaron detrás mientras el resto salía.

—¡No veo a Lucía! Estaba en su casillero, ¡y ahora ha desaparecido! —dijo Samuel.

Antonio miró hacia el casillero de Lucía. Él también sabía de las cosas horribles que la Escuela de Espanto era capaz de hacer.

—Tal vez está tomándonos el pelo. A lo mejor se escondió en el casillero… —dijo Antonio tragando en seco.

Samuel y Antonio se acercaron al casillero de Lucía. A Samuel el corazón se le quería salir por la boca. Sujetó despacio la puerta entreabierta. Sintió el metal tibio en sus dedos. Contuvo la respiración… y abrió la puerta de golpe.

Lucía no estaba en el casillero.

Sin embargo, los chicos vieron algo. En el interior del casillero había una sustancia pegajosa y asquerosa que chorreaba y brillaba. Era como una masa de mocos de neón mezclada con baba de bulldog.

Antonio la tocó. Era pegajosa.

—¡Qué asco! —dijo sacudiendo la mano y salpicando el suelo con la baba.

—Antonio —dijo Samuel—, el casillero se comió a Lucía.

—Tenemos que decírselo al Sr. Necrocomio —dijo Antonio.

Samuel negó con la cabeza.

—No tenemos tiempo. Tengo que meterme ahí a buscarla. Soy el monitor de pasillo. Mi trabajo es proteger a los estudiantes, ¡especialmente a Lucía!

—Entonces voy contigo —dijo Antonio tragando en seco otra vez.

Samuel metió la mano en el casillero de Lucía y apartó su ropa de educación física. Había un extraño agujero en la pared del fondo del que salía más baba brillante. Samuel vio que el agujero conducía a un estrecho túnel.

—¿Listo? —preguntó Samuel.

—No realmente —dijo Antonio negando con la cabeza.

—No es hora de tener miedo —dijo Samuel—. Hay que rescatar a Lucía.

Samuel se metió por el agujero seguido de Antonio. Juntos avanzaron en la oscuridad, adentrándose en las profundidades de la escuela.

UN GRAN APRIETO

4

Samuel se dio cuenta de que el túnel por el que avanzaban a rastras era un conducto de ventilación por el que el aire frío llegaba a los salones de clases. Samuel comenzó a temblar, un poco por el aire frío y un poco por miedo.

Mientras avanzaban, los chicos notaron que el túnel estaba cada vez más mojado. La baba pegajosa chorreaba por las paredes del túnel.

—Es como si estuviéramos dentro de una nariz —dijo Antonio.

Cada vez que Samuel bajaba la mano, tocaba la baba.

—Ojalá no estuviera todo tan oscuro —dijo Samuel.

¡CLIC!

Una luz se encendió en el túnel. Samuel miró hacia atrás y vio a Antonio sonriendo con un teléfono celular en la mano.

—Mi madre me obliga a salir siempre con él —dijo Antonio.

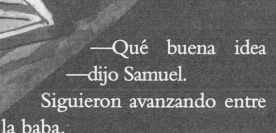

—Qué buena idea —dijo Samuel.

Siguieron avanzando entre la baba.

—¿Y por qué crees que la escuela atacó a Lucía? —preguntó Antonio.

—¡*Shhh!* —susurró Samuel—. Mejor que la escuela no sepa que vamos a rescatarla.

—Voy a mantenerme calla... —comenzó a decir Antonio—. ¡ACHÚ!

—¡Antonio! —gimió Samuel.

—Disculpa. No es fácil respirar con tus tenis apestosos en mi cara.

Una ráfaga de aire sopló en el túnel agitando el pelo de Samuel. Pero era un aire tibio, ¡como el aliento de una persona!

—Quizás la escuela esté tratando de descubrir dónde estamos —susurró Samuel—, así que no vayas a hacer ningún rui…

a-
a-
a-
a-

¡ACHÚ!

Esta vez fue Samuel el que estornudó.

—¡Samuel! —dijo Antonio.

—Disculpa.

¡CLANG!

Samuel miró hacia atrás. La puerta del casillero de Lucía se había cerrado. La escuela sabía dónde estaban. Y ahora se encontraban atrapados. No podían regresar.

De pronto, el conducto de ventilación comenzó a sacudirse. Las paredes de metal comenzaron a estrecharse y a apretar a los chicos.

—Tenemos que salir de aquí —dijo Samuel.

El conducto los apretó un poco más. Se hacía cada vez más estrecho. Les apretaba los hombros, les apretaba las piernas. Samuel y Antonio siguieron avanzando a toda velocidad.

El conducto se estrechó aún más.

—¡Nos va a aplastar! —gritó Antonio.

LA HORA DEL ALMUERZO

5

El conducto de ventilación se estrechaba rápidamente. Los chicos apenas podían moverse. Samuel extendió la mano, y casi se cae hacia delante. ¡Había llegado al vacío! ¡Se había acabado el conducto!

"¡Bueno, cualquier cosa es mejor que quedar aplastado!", pensó.

—¡Sígueme! —dijo
Samuel—. Y prepárate
para la caída.

Samuel se arrastró un
poco más hacia delante...
y cayó al vacío.

—¡*AHHH!* —gritó
mientras caía.

¡PLAF!

Aterrizó en una masa pegajosa.

—¡Cuidado! —gritó Antonio
mientras descendía de cabeza hacia
Samuel.

¡PUF!

Antonio cayó sobre Samuel.

La oscuridad era total. Antonio volvió a encender el teléfono y pudieron ver que estaban sobre una montaña de mugre pegajosa.

—Creo que esta asquerosa basura nos salvó —dijo Antonio quitándose un poco de baba de la cara—. Pero, ¿dónde estamos?

Incluso con la luz del teléfono no podían ver muy bien.

Samuel entrecerró los ojos. Estaban en una habitación grande. Tenía altos pilares a los lados y pilas de basura por el suelo. El aire se sentía húmedo y olía a moho.

—Creo que estamos en el sótano —dijo Samuel incorporándose. Estaba cubierto de baba. Sus tenis sonaban como si estuvieran llenos de agua.

Entonces, Samuel oyó un sonido diferente. Los dos chicos se voltearon para ver de dónde provenía.

En la oscuridad, vieron un carrito de comida que venía hacia ellos. Las ruedas chirriaban y el eco rebotaba en las paredes del sótano. Zigzagueaba de un lado a otro.

Samuel sintió que se le erizaba la piel. Antonio se acercó a él.

Nadie empujaba el carrito.

Se movía solo.

La tapa se abría y se cerraba.

¡CLIC! ¡CLAC! ¡CLIC! ¡CLAC! ¡CLIC! ¡CLAC!

La tapa continuaba abriéndose y cerrándose violentamente como si fuera una boca. ¡Y el carrito no daba señales de querer detenerse!

—¡Hoy vamos a ser el almuerzo de la escuela! —gritó Samuel.

EL SÓTANO OSCURO

6

A Samuel le corría el sudor por la frente. Nunca había sentido tanto miedo. El carrito seguía avanzando hacia ellos. Cuando estaba a punto de alcanzarlos, los chicos saltaron a un lado.

¡BAM!

El carrito chocó contra una pared tan violentamente que se escachó. Algunos pedazos de plástico cayeron sobre Samuel y Antonio.

—Eh... Samuel... me parece que debemos regresar... a pedir ayuda —dijo Antonio.

Samuel negó con la cabeza. Sabía que la escuela estaba tratando de asustarlos para que abandonaran la búsqueda. Pero él no se iba a rendir. Lucía necesitaba su ayuda.

Además, habían caído como veinte pies desde el conducto de ventilación a la pila de basura pegajosa. No se imaginaba cómo iban a salir de allí.

—Antonio, ahora estamos en las profundidades de la escuela. Apuesto a que ni siquiera el Sr. Necrocomio ha llegado tan lejos. Es nuestra oportunidad de descubrir los secretos de la Escuela de Espanto. Si descubrimos qué es lo que la mantiene viva, podremos derrotarla —dijo Samuel.

—Pero, Samuel…

—¡Y *tenemos* que rescatar a Lucía! —anadió Samuel.

—Tienes razón —respondió Antonio.

Samuel y Antonio comenzaron a caminar de puntillas por el sótano. El corazón les retumbaba en el pecho. Antonio volvió a encender la luz del teléfono. La baba pegajosa chorreaba por las paredes. Caía desde el techo. En el suelo había mochilas y abrigos hechos jirones. Vieron pilas de bicicletas con ruedas dobladas y retorcidas. Era como si todos aquellos objetos hubiesen sido masticados.

Era como si ellos estuvieran dentro de un cuerpo. Y Samuel pensó que si la Escuela de Espanto era un cuerpo, el sótano debía de ser su estómago.

—Es como si la escuela hubiese estado comiendo mochilas, bicicletas y todo tipo de cosas. El Sr. Necrocomio de veras ha cuidado muy bien a los estudiantes —dijo Samuel mirando a su alrededor.

—Tú también lo has hecho muy bien —dijo Antonio—. Si no me hubieras salvado el viernes durante la obra de teatro, también estaría aquí abajo.

—Bueno, vamos a terminar con esto —dijo Samuel.

Los chicos continuaron caminando de puntillas. Y entonces, Antonio agarró a Samuel por el brazo.

—¡Mira! —dijo señalando algo.

—¿Qué? —preguntó Samuel.

Vio entonces que Antonio alumbraba un escritorio de metal oxidado.

—¡Es él! Es Obdulio Espanto —gritó Antonio.

LA CARA DE
OBDULIO ESPANTO

7

Antonio iluminaba una foto enmarcada que había sobre el escritorio. Era una foto vieja en blanco y negro de un hombre.

—Oye, Antonio —dijo Samuel—, ¡qué susto me has dado! Pensé que habías dicho que Obdulio Espanto estaba aquí de verdad, vivito y coleando.

Samuel comenzó a palpar la pared hasta que halló un interruptor eléctrico y lo encendió.

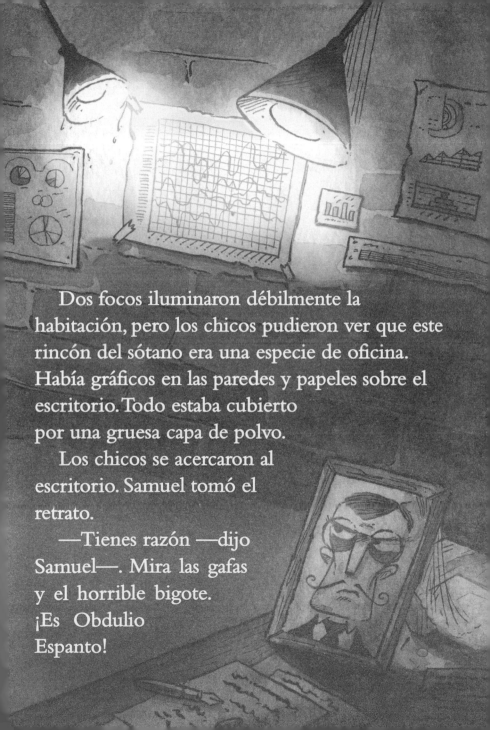

Dos focos iluminaron débilmente la habitación, pero los chicos pudieron ver que este rincón del sótano era una especie de oficina. Había gráficos en las paredes y papeles sobre el escritorio. Todo estaba cubierto por una gruesa capa de polvo.

Los chicos se acercaron al escritorio. Samuel tomó el retrato.

—Tienes razón —dijo Samuel—. Mira las gafas y el horrible bigote. ¡Es Obdulio Espanto!

—Creo que aquí no ha estado nadie en mucho tiempo —dijo Antonio agarrando un periódico—. ¡Es de 1938! ¡Más viejo que mi abuela!

—Guau —dijo Samuel—. ¿Y esto qué es? —preguntó mirando un gran papel azul que había sobre el escritorio.

—Parece un plano —dijo Antonio—. Como el dibujo de un edificio.

—Lo que dices tiene sentido. Mira, este salón se parece a nuestro gimnasio —dijo Samuel señalando un área del plano—. Parece un mapa de la Escuela de Espanto.

En ese momento, oyeron la voz de una chica.

—¡AYÚDENME! —gritaba.

—¡Lucía! —dijeron Samuel y Antonio a la vez.

Los gritos de Lucía venían de detrás de una gran puerta de metal que estaba al fondo del sótano. En la puerta había un letrero que decía: CALEFACCIÓN Y AIRE ACONDICIONADO.

—¡Vamos! —dijo Samuel.

Rápidamente, los chicos se metieron en los bolsillos todo lo que les cabía: papeles, un libro pequeño y el plano. Pero tan pronto lo hicieron, los objetos del sótano cobraron vida.

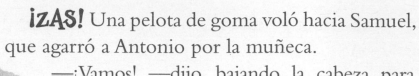

¡ZAS! Una pelota de goma voló hacia Samuel, que agarró a Antonio por la muñeca.

—¡Vamos! —dijo, bajando la cabeza para esquivar la pelota—. ¡Vamos a buscar a Lucía!

Samuel siguió tratando de evitar los golpes de los objetos que volaban hacia él. Antonio daba saltos para escapar de los patines que venían a toda velocidad contra sus pies.

¡BURRR!

La escuela soltaba gruñidos. A Samuel le parecía que sonaba como un estómago. Las paredes y el piso comenzaron a moverse. Samuel y Antonio daban tumbos de un lado a otro. Las mochilas se abrieron y comenzaron a lanzar reglas, lápices y libros contra ellos.

Estaban casi en la puerta del cuarto de Calefacción y Aire Acondicionado.

—¡Apúrate! —le gritó Samuel a Antonio.

Pero Antonio paró en seco. Samuel miró hacia atrás. Una cosa larga como una flecha se dirigía hacia Antonio por el aire. Era un bate plástico.

Samuel haló a Antonio detrás de una columna.

¡ZAS!

El bate pasó volando.

—Bueno, ahora sí estoy furioso —dijo Antonio—. Vamos a buscar a Lucía y a salir de este sótano maldito.

Samuel se asomó por un lado de la columna.

—Tenemos que llegar hasta esa puerta —dijo.

—¿Pero quién sabe qué nos esperará detrás de ella? —preguntó Antonio.

—Bueno, hay una sola manera de averiguarlo —dijo Samuel.

¡LUCÍA!

8

Samuel y Antonio corrieron hacia el cuarto de Calefacción y Aire Acondicionado. Samuel abrió la puerta de un empujón y entraron. Luego cerró la puerta rápidamente.

¡CRASH! Cien cosas masticadas y enloquecidas se estrellaron contra la puerta.

Tras recuperar un poco el aliento, Samuel miró a su alrededor.

Una de las paredes estaba cubierta de tuberías antiguas y oxidadas. Los tubos parecían seres vivos. Se movían como un ejército de serpientes, y al hacerlo se restregaban unos contra otros chirriando.

—¡Lucía! —gritó Samuel señalando hacia arriba.

La chica estaba colgada en el aire, de cabeza. Un tubo la tenía agarrada por un tobillo.

—¡Chicos, por favor, sáquenme de aquí!
—dijo Lucía temblando.

Lo que acababa de decir Lucía enfureció más a
la escuela. El tubo que la tenía agarrada comenzó
a dar vueltas.

—Ese tubo zarandea a Lucía como si fuera
una muñeca —dijo Antonio.

—¡Allá vamos, Lucía! —gritó Samuel.

Samuel y Antonio comenzaron a trepar por los tubos. Por suerte, este cuarto no estaba cubierto de baba. Los tubos de metal estaban secos, y los niños podían sujetarse a ellos. Samuel podía sentir el agua que corría por su interior.

"Estos tubos deben de llevar el agua a toda la escuela", pensó Samuel.

Antonio, saltando desde un tubo, agarró el que tenía atrapada a Lucía. Lo haló tratando de liberar a su amiga.

—Voy a ayudarte —dijo Samuel.

—El tubo tiene muchísima fuerza —gritó Antonio sin parar de forcejear.

—¡Ayúdenme! —gritó Lucía.

Antonio haló con más fuerza, pero entonces…

¡CLANG!

De un tirón, el tubo lo lanzó al suelo.

—¡*Ay!* —gritó Antonio—. ¡Ni modo!

Samuel saltó al suelo.

"Tiene que haber una manera de hacer que el tubo la suelte", pensó.

Miró a su alrededor. En un rincón vio el calentador de agua de la escuela. El padre de Samuel era plomero, de modo que él sabía bastante del asunto. El calentador de agua calentaba el agua y luego la bombeaba a toda la escuela. Una rueda que tenía al frente servía para controlar la fuerza con que el agua corría por las tuberías.

"Si le doy unas vueltas a la rueda, el agua irá más lenta. Quizás eso debilite los tubos y los haga soltar a Lucía", pensó Samuel.

El chico agarró la rueda para darle vuelta. Estaba oxidada y recia. Finalmente logró hacerla girar. Pero no sirvió de nada. ¡El tubo zarandeaba a Lucía más violentamente aún!

—¿Qué estás haciendo, Samuel? —gritó Antonio.

—¡PARA! Es peor —gritó Lucía.

El tubo la sacudía a la velocidad de un relámpago. Cada vez más violentamente. Samuel tenía que liberar a su amiga antes de que fuera demasiado tarde.

LA HORRIBLE VERDAD

9

La escuela seguía zarandeando a Lucía por los aires.

"Quizás le di vuelta a la rueda en sentido equivocado", pensó Samuel.

—¡Aguanta! —gritó.

Samuel le dio vuelta a la rueda hacia el otro lado. Las tuberías comenzaron a quedarse sin agua. ¡Había dado rcsultado! Los tubos estaban perdiendo fuerza. El tubo que tenía a Lucía agarrada por el tobillo la soltó. ¡Y Lucía cayó!

—¡*Ahhhhh!* —gritó.

Justo antes de aterrizar, Lucía logró sujetarse de uno de los tubos más bajos. Antonio la ayudó a bajar hasta el suelo.

—Te tengo —dijo Antonio.

Lucía se secó el sudor de la frente.

—Chicos —dijo Lucía—, ¿por qué se demoraron tanto?

Samuel y Antonio sonrieron. Era evidente que su amiga estaba a salvo.

—¿Qué es todo eso? —dijo Lucía señalando los papeles que salían de los bolsillos de los chicos.

—Bueno —dijo Samuel—, encontramos una oficina horrorosa por el camino. Estaba llena de cosas viejas.

—El plano tal vez nos sirva para salir de aquí —dijo Antonio.

—Sí —dijo Lucía—. Busquen ustedes una salida mientras yo reviso el resto de los objetos.

Samuel, Antonio y Lucía se sentaron en el suelo y comenzaron a estudiar lo que tenían delante.

—¡Qué les parece esto! —dijo Lucía mostrándoles un libro de cuero rojo—. Es el diario de Obdulio Espanto. Parece que era un científico loco.

—¡Guau! —dijo Antonio bajito.

—¿Y qué más dice? —preguntó Samuel.

Lucía clavó la mirada en las páginas. Un minuto después, cerró el libro.

—A medida que envejecía, se obsesionó con la idea de ser inmortal. En la última página del diario dice: "¡Lo logré! ¡He hallado la manera de vivir para siempre!".

Samuel recordó algo entonces.

—Lucía, ¿todavía tienes el libro de la biblioteca?

A Lucía le brillaron los ojos.

—¡Sí! —dijo.

La chica se quitó la mochila de los hombros, sacó el libro y se lo dio a Samuel.

—Miren —dijo Samuel abriendo el libro y buscando la última página que había leído esa mañana—. Dice que Obdulio Espanto era arquitecto... que diseñaba edificios. Y... ay, madre mía, fue él quien diseñó la Escuela de Espanto.

—Espérate —dijo Antonio—. ¿Un científico loco diseñó nuestra escuela? ¡Por eso tiene tantas cosas horribles!

Samuel, Antonio y Lucía se quedaron en silencio. Lo único que se oía era el ruido del calentador de agua. Sonaba como los latidos del corazón.

BABUM, BABUM.

BABUM, BABUM.

BABUM, BABUM.

Y fue entonces cuando Samuel Cementerio comprendió la terrible verdad sobre Obdulio Espanto y la Escuela de Espanto.

¡ATRAPADOS!

10

—¡Lo tengo! —gritó Samuel con el plano en una mano y el libro en la otra—. Todo encaja. Obdulio Espanto diseñó la escuela para vivir eternamente. Por eso fue que no pudimos hallar su tumba en el cementerio. ¡Nunca murió! ¡Se convirtió en la escuela!

—Espera —dijo Antonio—. ¿Quieres decir que…?

—¡Obdulio Espanto *es* la Escuela de Espanto! —dijo Samuel—. Él es las paredes y los pisos. Él es los casilleros y las tuberías. Es todo. ¡Por eso la escuela te engulló esta mañana, Lucía! Se dio cuenta de que habíamos hallado el libro en la biblioteca y que estábamos muy cerca de descubrir su secreto.

Lucía tenía la cara blanca como el papel.

—Eso que dices es… horripilante…

Samuel estaba de acuerdo. ¡Era casi imposible de creer! Pero tenía sentido, lo explicaba todo.

¡CLAC!

El cerrojo de la puerta del cuarto de Calefacción y Aire Acondicionado se acababa de deslizar para asegurar la puerta… ¡estaban atrapados!

Entonces, la Escuela de Espanto enloqueció. Las paredes comenzaron a vibrar. Las tuberías temblaban haciendo ruido ¡Y el suelo se abrió!

Los tres amigos retrocedieron a toda velocidad.

—¿Qué pasa? —gritó Lucía.

—Ahora que hemos descubierto su secreto —dijo Samuel—, ¡la escuela *no* nos dejará salir de aquí!

—¡Se me están mojando los pies! —dijo Antonio dando un salto atrás.

De la grieta que se había abierto en el suelo salía agua. Y estaba subiendo rápidamente.

—No tenemos mucho tiempo —gritó Samuel. El agua le cubría los tenis.

Lucía le dio un tirón al picaporte de la puerta, pero no se abrió.

—Estamos atrapados —dijo.

Samuel tragó en seco.

El agua seguía saliendo de la grieta a borbotones. Ya les llegaba por encima de la rodilla. Y no tenían por dónde salir.

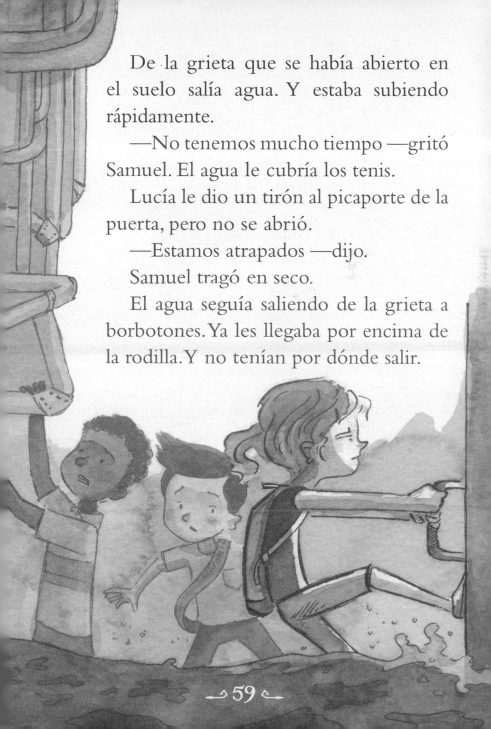

UN ESCAPE RESBALADIZO

11

Los tres amigos pataleaban para mantenerse a flote. Muy pronto tocarían el techo. El agua llenaría todo el cuarto.

¡CLANG!

¡BAM!

¡CLONC!

Las tuberías sonaban con increíble fuerza. Samuel apenas lograba pensar.

—¡Esperen! Las tuberías van por toda la escuela —dijo Samuel señalando un tubo muy grueso que tenía un agujero—. Chicos, métanse en ese tubo. Tengo una idea.

—¿Estás loco? —le dijo Lucía gritando.

Antonio negó con la cabeza.

—De ninguna manera me voy a meter en ese tubo viejo. No sabemos adónde nos va a llevar. Y no quiero que me vuelvan a exprimir.

—No tenemos alternativa —dijo Samuel.

Antonio miró a Samuel y lanzó un gruñido.

—¡Está bien! —dijo.

Nadó hasta llegar al tubo más grueso. Era del tamaño de un inmenso tobogán acuático. Entró por el agujero. Samuel ayudó entonces a Lucía a entrar. El agua oscura seguía subiendo. Samuel tenía que darse prisa.

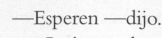

—Esperen —dijo.

—¿Qué vas a hacer? —gritó
Lucía.

—No te preocupes
—dijo Samuel.

El chico respiró profundo
y se zambulló en el agua. Por
una vez dio gracias por todas
las clases de natación que
su madre le había obligado
a tomar.

Samuel abrió los ojos cuando
estuvo cerca del calentador de
agua. Antes le había dado vueltas
a la rueda hacia la derecha para
disminuir la fuerza del agua
y salvar a Lucía. Así que
si le daba vueltas hacia
la izquierda, el agua
debería correr con
más fuerza por
las tuberías.

"Si el agua sale con más fuerza, nos impulsará por la tubería. El agua nos puede llevar hasta el otro extremo y, con suerte, a la superficie", pensó Samuel.

Era una idea loca, pero no tenían alternativa.

Samuel agarró la rueda y comenzó a darle vueltas.

SIN SALIDA

12

Samuel apenas podía hacer girar la rueda bajo el agua. ¡Y se estaba quedando sin aire!

"Si este plan no funciona, estaremos en un verdadero aprieto", pensó.

Samuel imaginó en su mente los rostros de Lucía y Antonio. Imaginó también los rostros del Sr. Necrocomio y la Sra. Gómez, así como los de sus compañeros. La Escuela de Espanto era un peligro, y sólo él podía salvarlos a todos. Él era el monitor de pasillo, por eso percibía la amenaza de la escuela. Pero ahora también sentía que podía derrotarla. ¡Tenía que darle vueltas a la rueda!

¡No podía fallar!
¡No podía fallar!
Con todas sus fuerzas, lo intentó de nuevo.

¡SCRIICH!

¡Al fin! La rueda estaba girando. Entonces, Samuel vio una especie de reloj encima del calentador de agua con un letrero que decía VELOCIDAD DEL AGUA.

"¿Cómo no lo vi antes?", pensó.

A medida que le daba vueltas a la rueda, una pequeña aguja comenzó a moverse en el reloj desde la zona verde hacia la roja. En la zona roja había un letrero que decía ¡PELIGRO!

Samuel puso los pies contra el calentador y siguió dándole vueltas a la rueda hasta que la aguja pasó más allá de la palabra *PELIGRO*. ¡El calentador comenzó a estremecerse!

"¡Va a explotar!
—pensó Samuel—.
¡Tengo que salir
de aquí!"
Se dio vuelta y
comenzó a nadar con
todas sus fuerzas. Salió
a la superficie y tomó
una larga bocanada de aire.

Antonio y Lucía estaban dentro del tubo esperando por él. El agua corría ahora cada vez más rápido por las tuberías. Samuel veía el agua agitarse y hacer burbujas por todas partes. El calentador comenzó a traquetear.

—Samuel, ¿qué hiciste? —gritó Antonio.

—Algo que nos va a sacar de aquí. Vamos a salir por la tubería —dijo Samuel.

—Espero que tu plan funcione —dijo Lucía extendiéndole la mano. Samuel la agarró y Lucía lo haló hacia arriba.

Se acostó junto a Antonio y Lucía dentro del ancho tubo. Era como si los tres estuvieran en la parte superior de un tobogán acuático. Pero no era una atracción en la que iban a deslizarse hacia abajo. No, iban a ser impulsados hacia arriba a través de la Escuela de Espanto.

—¿Y dónde crees que nos escupirá este tubo? —preguntó Lucía.

Samuel no le respondió. No tenía ni idea de adónde los llevaría la tubería. Esperaba que fuera hasta la superficie, pero no lo sabía.

Entonces, la tubería comenzó a sacudirse. El calentador de agua iba a explotar en cualquier momento y el agua los arrastraría a gran velocidad por el tubo.

—¡Aguanten la respiración! —gritó Samuel—. ¡Allá vamos…!

¡BAM!

¡El calentador de agua había explotado! Sintieron una violenta oleada de agua tibia. Samuel, Antonio y Lucía fueron lanzados hacia arriba por la tubería.

¡BUM!

Impulsados por el agua, los tres amigos iban por el tubo a 100 millas por hora.

Un poco más adelante el tubo se dividía en dos.

—¡Samueeeeeel! —gritó Lucía.

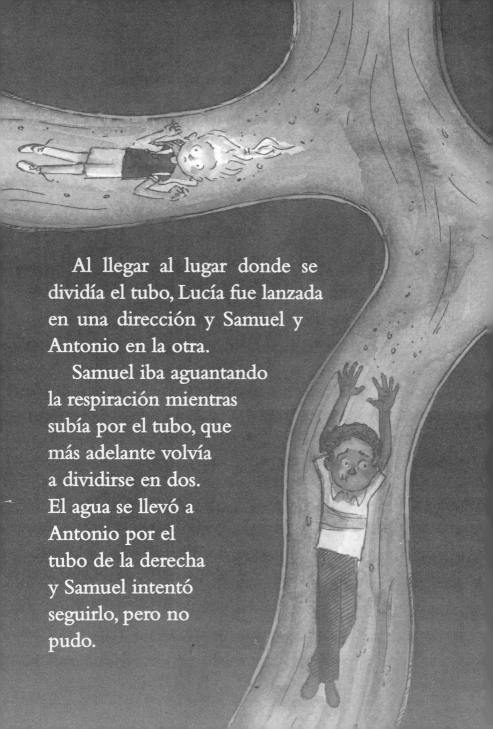

Al llegar al lugar donde se dividía el tubo, Lucía fue lanzada en una dirección y Samuel y Antonio en la otra.

Samuel iba aguantando la respiración mientras subía por el tubo, que más adelante volvía a dividirse en dos. El agua se llevó a Antonio por el tubo de la derecha y Samuel intentó seguirlo, pero no pudo.

Samuel fue arrastrado por el otro tubo. ¡Ahora Samuel Cementerio navegaba solo a través de la Escuela de Espanto!

Samuel vio una oscuridad al final del tubo.

"¡Ay, no!"

No había salida.

Tenía que frenar o se estrellaría. Pero era imposible frenar.

¡No podía parar!

¡No lograba disminuir la velocidad!

COLGANDO DE UN HILO

13

"Tengo que hacer algo o me voy a estrellar", pensó Samuel.

Enderezó los pies y se puso rígido mientras el agua lo impulsaba hacia el final del tubo.

"Mis tenis y la velocidad del agua tienen que ayudarme a romper esta vieja tubería y salir".

Los pies de Samuel golpearon el final del tubo.

¡CRASH!

¡El tubo se rompió! Y Samuel fue lanzado por la fuerza del agua.

—¡Ay, no! —gritó.

¡Estaba en lo alto del comedor e iba volando por el aire!

¡A treinta pies de altura!

¡Y descendiendo!

Samuel extendió los brazos intentando sujetarse de algo para evitar la caída. Logró atrapar una de las inmensas cortinas que cubrían las ventanas del comedor.

Samuel miró hacia arriba, hacia el tubo. Un chorro de agua seguía saliendo de él y caía sobre el suelo.

Pero luego comenzó a perder intensidad.

El calentador debía de haberse vaciado. Había terminado el peligro.

"¡Lo logré! —pensó Samuel colgando de la cortina. Miró hacia abajo. El comedor estaba vacío—. Uf, tengo que bajar de aquí y buscar a Antonio y a Lucía".

Pero la Escuela de Espanto aún no se rendía. El agua comenzó a subir desde el suelo del comedor. Estaba tomando forma, convirtiéndose en algo.

Samuel se quedó sin aliento.

El agua estaba adoptando la forma de una *mano gigantesca*.

—¡Auxilio!
—gritó Samuel.
Trató de subir por la cortina, pero esta comenzó a sacudirse tratando de tumbar a Samuel. ¡La cortina había cobrado vida!

¡RIP!

La cortina comenzó a rasgarse. Samuel miró hacia abajo y vio la inmensa mano de agua de la Escuela de Espanto. La mano estaba totalmente abierta y trataba de atraparlo.

LA MANO DE AGUA

Samuel colgaba de un hilo de la monstruosa cortina. Estaba a punto de ser atrapado por la inmensa mano. Pero entonces recordó algo. Esa mañana, la Sra. Gómez había dicho que el día de hoy sería el más caluroso de la historia.

Samuel se agarró con más fuerza de la cortina y le dio un jalón. La cortina se desgarró y cayó al suelo… junto con Samuel.

La luz del sol entró por la ventana. Los cálidos rayos del sol caían directamente sobre la mano de agua.

La mano se echó hacia atrás como si hubiese recibido un golpe y comenzó a echar humo. El calor del sol estaba convirtiéndola en vapor. La escuela lanzó un aullido.

Sin embargo, la mano volvió a tratar de atrapar a Samuel. Estaba herida, debilitada, pero no derrotada.

"Si pudiera tumbar las otras cortinas del comedor, la luz del sol destruiría la mano —pensó Samuel—, pero no puedo llegar a ellas".

Los dedos de agua estaban a punto de capturarlo.

¡BAM!

Lucía y Antonio entraron como una tromba en el comedor.

—¡Aquí estamos, Samuel! —gritaron.

—¡Arranquen las cortinas de las ventanas! —gritó Samuel—. ¡Pronto!

Antonio y Lucía no sabían cuál era el plan, pero confiaban en Samuel. Antonio haló una de las cortinas y Lucía haló otra. El comedor se inundó de luz.

¡La mano de agua estaba prácticamente derrotada! Samuel sólo tenía que darle un golpe final. En ese momento vio una bandeja metálica en el suelo.

"El metal refleja la luz", pensó.

Samuel pisó el borde de la bandeja, que se alzó en el aire como un monopatín. La agarró y la puso de frente a la luz del sol. Un rayo de cálida luz solar se reflejó en la bandeja y dio sobre la mano.

¡¡¡¡SSSSS!!!!

¡La mano de la Escuela de Espanto chilló de dolor!

Se sacudió.
Una nube de vapor
llenó el aire.
Y entonces…

¡BAM!
¡ESPLÁS!

La mano de agua explotó. Gotas de agua inmensas salpicaron el salón.

La mano desapareció. Se esfumó.

Samuel se levantó.

—Llegaron en el momento preciso. ¿Dónde estaban? — preguntó.

—La tubería me escupió en el gimnasio —dijo Lucía.

—Y a mí en el pasillo de quinto grado —dijo Antonio—. Por suerte, nadie nos vio.

Samuel estaba tan cansado que a duras penas podía mantenerse de pie.

—Les debo una, chicos —dijo.

—¿Estás bromeando? ¡Ustedes dos me salvaron a mí! —dijo Lucía.

—Samuel es el héroe —dijo Antonio, y comenzó a aplaudir—. Samuel Cementerio, el heroico monitor de pasillo. ¡Vamos, choca la mano!

Samuel dejó escapar un gruñido.

—No quiero volver a escuchar la palabra *mano* nunca más.

Sus amigos sonrieron.

Estaban a salvo.

Pero no por mucho tiempo.

TODO MOJADO

¡BAM!

La puerta se abrió violentamente. La Sra. Gómez entró como un bólido en el comedor. Miró alrededor con unos ojos que se le querían salir de las órbitas. Tenía el pelo más encrespado que nunca.

—¡Samuel! ¡Antonio! ¡Lucía! ¿Dónde andaban! —gritó—. ¿Qué pasó con las cortinas? ¿Por qué está todo mojado?

En ese momento, el Sr. Necrocomio entró al comedor y comenzó a secar el agua del suelo.

—Sra. Gómez, Samuel me estaba ayudando a limpiar las ventanas. ¿No se lo dije? —dijo el viejo.

Pero eso no calmó el enojo de la Sra. Gómez.

—¡No! ¡Usted no me dijo nada! Y Samuel debió pedirme permiso para faltar a la clase. Perdió la lección sobre el tiempo atmosférico —dijo.

—Ya estoy viejo y a veces se me olvidan las cosas —dijo el Sr. Necrocomio.

Samuel sonrió y miró al suelo. ¡El Sr. Necrocomio al rescate!

—¿Y Antonio y Lucía? —dijo la Sra. Gómez—. Ellos no son monitores de pasillo, así que no deberían estar ayudándolo a usted.

—Los voy a nombrar ayudantes del monitor de pasillo. Han demostrado que pueden ser una gran ayuda para Samuel —dijo el Sr. Necrocomio.

Antonio y Lucía se miraron sonriendo.

La Sra. Gómez estaba muy enojada. Se dio vuelta y salió rápidamente del comedor.

Tan pronto como se fue, Samuel le contó todo al Sr. Necrocomio.

—Has aprendido mucho sobre esta escuela —le dijo el Sr. Necrocomio—. Y esta vez la golpeaste duro. Ojalá que no vuelva a hacer maldades por mucho tiempo.

—Y ojalá que los ayudantes del monitor de pasillo no tengan que usar esa banda anaranjada horrible —dijo Lucía dándole un jalón a la banda de monitor de Samuel.

—¡Oye! —dijo Samuel.

Todos se echaron a reír.

Ese día después de clases, Samuel, Lucía y Antonio fueron a montar en los columpios.

—Hoy logramos salvarnos —dijo Samuel—, pero no creo que alguna vez logremos derrotar a la Escuela de Espanto del todo.

Lucía se bajó del columpio de un salto.

—No tiene que ser así —dijo.

Antonio asintió con un gesto.

—Somos un equipo. Y ahora sabemos que Obdulio Espanto es la escuela. Tiene que haber una manera de que podamos deshacer lo que hizo.

Samuel clavó la mirada en el edificio: la Escuela de Espanto, la extraña criatura que era el científico loco Obdulio Espanto.

—Tienen razón —dijo finalmente—. Tiene que haber una manera de derrotar a la Escuela de Espanto de una vez y por todas. ¡Y juntos podemos hallarla!

Jack Chabert fue monitor de pasillo en la escuela primaria Joshua Eaton en Reading, Massachusetts. Pero a diferencia de nuestro héroe, Samuel Cementerio, su escuela no estaba viva. La experiencia de Jack como monitor de pasillo fue mucho menos emocionante que la de Samuel, ¡y mucho menos aterradora!

Hoy en día, Jack Chabert merodea los pasillos de un edificio muy distinto a su escuela primaria, el viejo edificio de apartamentos donde vive en la ciudad de Nueva York. Pasa el día jugando videojuegos, comiendo lo que aparece y leyendo cómics. Por la noche, camina por los pasillos, siempre listo para cuando el edificio cobre vida.

Sam Ricks estudió en una escuela embrujada, pero no tuvo la oportunidad de llegar a ser monitor de pasillo. Y, por lo que recuerda, la escuela nunca trató de engullirlo. Sam obtuvo una maestría en diseño en la Universidad de Baltimore. Enseña diseño e ilustración en The Art Institute of Salt Lake City, en Utah. De día, ilustra historias desde su cercana, cómoda y no carnívora casa. De noche, les lee cuentos raros a sus cuatro hijos.

Averigua cuánto sabes sobre la

Escuela de Espanto

¡El casillero se comió a Lucía!

¿Qué descubren Samuel y sus amigos en el libro *Espanto: historia de un pueblo*?

¿Cuál es la horrible verdad sobre Obdulio Espanto y la Escuela de Espanto?

¿Cómo ayuda el sol a Samuel, Antonio y Lucía a salvarse?

Imagínate que tu escuela está viva. Utiliza palabras onomatopéyicas para escribir un cuento lleno de acción.

¡CLANG!

¡BAM!

¡CATAPLÚN!

Samuel, Lucía y Antonio van a la biblioteca a buscar información sobre su pueblo. Visita la biblioteca más cercana para ver qué **datos** interesantes puedes hallar sobre tu pueblo.